长大后
忘了的
事

紫伊 著

山东教育出版社

图书在版编目（CIP）数据

长大后忘了的事 / 紫伊著 . -- 济南 ： 山东教育出版社，2018
ISBN 978-7-5701-0162-7

Ⅰ . ①长… Ⅱ . ①紫… Ⅲ . ①随笔 - 作品集 - 中国 - 当代
Ⅳ . ① I267.1

中国版本图书馆 CIP 数据核字（2018）第 042071 号

长大后忘了的事

紫伊 / 著

出 版 人：刘东杰
主管单位：山东出版传媒股份有限公司
出版发行：山东教育出版社
　　　　　地址：济南市纬一路 321 号　　邮编：250001
　　　　　电话：（0531）82092664　　传真：（0531）82092625
　　　　　网址：sjs.com.cn
印　　刷：山东德州新华印务有限责任公司
版　　次：2018 年 4 月第 1 版　2018 年 4 月第 1 次印刷
开　　本：880mm×1230mm　1/32
印　　张：5.875
印　　数：1-2000
字　　数：52 千字
书　　号：ISBN 978-7-5701-0162-7
定　　价：22.00 元

（如印装质量有问题，请与印刷厂联系调换）印厂电话：0534-2671218

坚持的美好

怀孕时我就开始给宝贝记日记了，八年时间写了大大小小18本。第19本也在进行当中……

很多朋友夸赞我的毅力。很惭愧，其实我能够坚持下来的事情并不多，比如健身，比如学外语，都是三分钟热度。但记录孩子成长这件事却在不知不觉中坚持了下来。从宝贝的第一声啼哭、第一次喊"妈妈"，到宝贝独立迈出自己的第一步、第一次掉小乳牙……

翻看怀孕时开始写的第一本日记，好似流水账——吃了什么风味的美食，听了什么类型的音乐，看了什么题材的电影，和宝贝的爸爸又聊了什么话题……包括有一次吃坏了肚子后对宝贝的忏悔。我相信当时写下的每字每句所引起的情感波动，肚子里的宝贝是能感受到的。

很多事情，我早就忘得一干二净，要不是再翻看日记，可能那些微小的记忆就永远从脑海中抹去了。日记留存住了那份开心和美好，每每翻阅，好似又回到了那段快乐时光。日记虽是孩子成长的点点滴滴，但也记录了我的成长历程。第一本日记的文字像是个孩子，直到自己当了妈妈，承担起那份沉甸甸的责任，才发觉自己真正长大了。看似是我在伴随着孩子成长，其实也是孩子在促进我成长。这些都是我的财富。

长大后忘了的事

等到宝贝出嫁那天，我想把所有日记都打印成册，当作嫁妆送给她。让她看看自己是怎样从一个"小不点儿"一路走来，成长为一个亭亭玉立的大姑娘的。我想，等她长大了看到这些文字也会偷偷地笑吧。

这本书，没有华丽的辞藻，只是简单的生活记录与对话，摘录于其中的几本日记。

我们都有体会：长大后，许多小时候的事都忘了，但父母记得。这是送给宝贝的礼物。

目录

CONTENT

4

长大后
忘了的事

长大后
忘了的事

小进步

　　草原快六个月大了，每天都在成长变化着。就像老人们说的，"一天一个样儿"。

　　以前草原只会向右侧翻身，不知道从哪天开始，她突然能往左侧翻身了！让她在床上面朝上躺着，她"咕噜"一下就由仰卧变成俯卧的姿势了。再迅速把压在身下的两只小手抽出来，两手撑床，小胳膊使劲一撑，上身就抬起来了，头能抬很高。这样她的视野就开阔了，歪着小脑袋往左边看看，再转向右边看看，很高兴的样子。

　　撑一会儿累了，她就再翻回去，变回仰卧的姿势，一连翻好几次，由床的这一边一直翻到另一边。

　　小婴儿好神奇，要是让我在床上连续翻滚好几下，恐怕也挺费劲。小家伙翻得可真够利索的。

　　翻来翻去玩一会儿累了，她又对自己的小手产生了兴趣。只见她伸出右手，看看手心，再翻过来看看手背，接着握起小拳头，再五指伸开，再攥起小拳头，再伸开五指，自己能玩上好一会儿。

前半夜

一天，我刚准备睡觉，见草原小脸儿通红，再摸摸她身上，有些烫。我赶紧给她测了测体温，果然发烧了，37.8摄氏度。还好，没超过 38 摄氏度，不至于喂退烧药，先物理降温吧。

我抱起迷迷糊糊的草原，先给她喝了一杯水，然后让她平躺，用温水给她不停地擦额头、脖子、手心和脚心。水凉了就再换一盆温水。一盆又一盆。

草原姥姥怕我休息不好，心疼我第二天一早还要爬起来上班，就说："你快去睡觉吧，我来给草原擦。"

"没事，我擦就行，先物理降温试试，要是明早还不退烧就去医院。"

草原姥姥见我不肯去睡，于是说："这样吧，你睡前半夜，我睡后半夜。你先去睡，一会儿我再叫你。"

好吧，我就沉沉地睡了。

一觉醒来天亮了，"坏了，睡过头了！"扭头一看，草原正在呼呼睡着呢。一旁的姥姥却一宿没合眼，一盆一盆地接温水，反反复复地给草原擦了一宿。姥姥说："半夜两点多就退烧了，测了测体温，已经降到37度了。我怕又烧起来，不敢睡，隔一会儿就给草原再测测体温，好在没再烧起来。"

草原姥姥不仅心疼外孙女，也心疼自己的女儿，宁可自己受累一宿，也不愿让女儿少睡一会儿。

《大声回答"哎"》

草原十个月大时，我开始给她读绘本。她接触的第一套绘本是《小熊宝宝》系列，其中有一册是《大声回答"哎"》。当时草原还不会说话，但已经能跟着绘本里的情节和我互动了。

"小老鼠——"

"哎——"

"真棒！小老鼠答应得好神气！"

"小企鹅——"

"哎——"

"真好！小企鹅答应得真可爱！"

"小兔子——"

"哎——"

"真好！小兔子答应得真响亮！"

……

　　每当到了小动物们答应"哎——"的时候，草原也会跟着张大嘴巴，很努力地想发出"哎"这个音。可惜她还不会说话，于是只能对口型，"回答"得可积极了！

长大后
忘了的事

不睡觉

（一）

已经很晚了，但草原还是不睡觉。

"快睡觉！把小眼睛闭上。"我催促道。

草原就只闭上一只眼睛，另一只眼睛仍然睁着。

"两只眼睛都闭上，要不然妈妈就不给你讲故事了。"

草原这才把两只小眼睛都闭上。可是马上，她又松了松眼皮，眯出一道缝儿，偷偷瞧瞧我。

"这不叫闭上眼睛。看来今天讲故事的时间要取消了。"

草原一听妈妈不给讲故事了，这才不情愿地闭上眼睛：

"妈妈，猫。"意思是要听"富贵猫"的故事。

讲完"富贵猫"的故事，草原又说："妈妈，汪汪。"于是，我讲了一遍《雪地里迷路的小狗》。

她还是不睡："妈妈，爷爷——"

我只好讲了一遍《爷爷一定有办法》。

讲完故事看看草原，已经睡着了。我刚想转身去洗漱，"妈妈，我要拉粑粑。"唉……又抱起她来去拉粑粑。

草原坐在自己的小马桶上，半天也没出动静。"草原，你到底拉不拉粑粑？"

"不——"

好吧，我又把她抱回床上。从头再来一遍："妈妈，蓝黄。"（意思是要听绘本《小蓝和小黄》）

（二）

姨妈和舅舅送给草原很多玩偶。草原把它们摆在床头，每晚睡觉前都得先把这些"小伙伴们"哄睡了之后，她才肯睡觉，就像妈妈要先把她哄睡后才睡觉一样。

　　草原拍拍这个，"睡觉吧"，再拍拍那个，"你也该睡觉了"。抱抱这个，"亲一下，睡觉吧"，再抱抱那个，"晚安"。从头到尾都拍过、抱过、亲过之后，再从第一个开始，依次把玩偶都翻过来，让它们的脸朝下——"小咕咚睡着了。"再给下一个玩偶翻身，"小熊也睡着了。""睡吧，小兔子也睡着了。""咦？依古·比古，你为什么还不睡？该睡觉了。"

　　等所有的玩偶都翻过身后，草原再把它们一个一个地翻回来，兴奋地大喊："醒了！"翻过来一个，"小咕咚醒了。"再翻过来一个，"小熊也醒了。""依古·比古也醒了。""大家都醒了！"

　　这一睡、一醒进行完之后，草原自言自语道："再来一遍！"

《小燕子》

电视里播放儿童歌曲《小燕子》，姥姥很激动："草原，这首歌姥姥也会唱。"说着就跟着动情地高歌起来。可惜稍稍有点儿跑调了。

草原用一只小手捂着嘴巴笑，另一只小手指了指姥姥，又转过头来一本正经地指了指我，接着对姥姥说："妈妈。"意思是，姥姥，你唱得不对，妈妈唱得才和电视上一样呢。

姥姥很失望："你看她那个表情，还笑话姥姥呢！"

咬文嚼字

（一）

因为爱吃糖，还不到两周岁的草原一颗小牙齿上已经有小黑点了。晚上，草原还想吃糖。

"晚上不能吃糖！"我很严厉，"白天没吃吗？"

"吃了。"

"一天只能吃几个？"

"只能吃一个。"

"你今天已经吃了好几个'一个'了！"

"我现在只吃'这'一个。"

（二）

睡前，姥姥给草原一连讲了好几个故事，困得姥姥都睁不开眼了。草原还想再听一个，央求道："姥姥，再讲一个吧，再讲一个吧。"

"不行，太晚了，不能再讲了。"

"讲一个吧！"

"好啊，说好了，就讲一个。"

草原接话："讲一个。"

等姥姥讲完一个故事，草原却还要再讲一个，姥姥问："你刚才不是说就一个吗？不是最后一个吗？"

草原辩解道："我说的是'讲一个'，不是讲'最后一个'！"

吃糖

（一）巧克力豆

"妈妈，姥姥给我买了一盒巧克力豆。"

"留着明天再吃吧。晚上不可以吃糖。"

"我只打开闻一闻可以吗？"

"你说过不吃的呀！"

过了一会儿……

"妈妈，我只舔一下，我不吃。"

"好，妈妈相信你，自己说过不吃的，要说到做到哦。"

"嗯，我只舔一舔。"

又过了一会儿……

不知道已经有几颗巧克力豆在草原的肚子里了。

（二）小豆豆

"妈妈，这本故事书里的小朋友叫'小豆豆'。"

"哦。"

"小豆豆最爱吃糖。"

"小朋友都喜欢吃糖。"

"小豆豆他现在就想吃糖。"

"现在是午饭时间，马上开饭了，不能吃糖。"

"对！小豆豆不听话，他不是个好孩子！"

午饭后……

"妈妈，小豆豆都是吃完午饭才开始吃糖的。"

"嗯。"

"我也吃完午饭了，我也想吃个棒棒糖。"

长大后忘了的事

（三）找剪刀

姥爷喊草原，草原却不答应。姥爷跑过去一看，草原坐在椅子上，餐厅里柜子的小抽屉还没来得及关上，一看就知道草原又翻抽屉找糖了。

"光吃糖的孩子不是好孩子，小豆豆才整天到处找糖吃呢！"

草原点头："姥爷，我没找糖，我是好孩子。"

"那你在找什么呀？"

"我找小剪刀。"

"你找小剪刀干什么？"

"剪棒棒糖（的包装纸）。"

晃晃车

外面下雨了，草原却想要出门去坐电动晃晃车。姥姥说："你看，外面下这么大的雨，人家早就把晃晃车收起来了。"

"没有，姥姥，我看见了，就在外面。"原来草原从阳台上已经看见了，晃晃车在小商店屋檐底下放着呢。

草原爸爸说："虽然没收到屋里，可是外面下雨了，'晃晃'的小座子都湿了。"

草原赶紧跑到卧室翻出她的小坐垫："那就垫上这个小垫子吧。"

说谢谢

我在阳台给草原夹核桃吃。夹开一个核桃,坏的。又夹开一个,也不太好。草原说:"妈妈,我帮你挑两个好的吧。"她找了两个递过来,我用核桃器夹开,里面的核桃仁果然是好的。草原提醒我:"妈妈,你不说谢谢吗?"

"对啊,这么重要的事妈妈怎么没有及时说呀!谢谢小草原,谢谢好宝宝!"

把手给我

下楼拿了快递回家，一进门草原迎过来。"妈妈手太凉了不能抱你。等一下妈妈先用热水洗个手啊。"

草原伸出自己的一双小手："来，妈妈，把手给我，我给你暖和暖和。"

小老师

草原两岁半时已经认识很多字了，比如"天、山、云、风、雨"等等。睡前，她给她的"小伙伴"们当起了小老师。

她在床上摆好几张卡片："小熊，'天空'的'天'在哪里？"接着，让小熊学着她的样子先是假装找不着，从第一张卡片指到最后一张卡片，故意犹豫不定，转上一圈，再拿着小熊的"手"指着"天"字。

"找对了！小熊，你真棒！"草原抱起来小熊亲亲，"好了小熊，你歇歇吧，该'汤姆布利柏'认字了。"

搂住姥姥

"姥姥，你知道晚上睡觉我为什么要搂住你吗？"

"不知道。"

"我要是不搂住你，你睡着睡着'啪——'一下掉到地上可怎么办哪！"

长大后
忘了
的事

灯光晒屁股

草原姥爷中午喝喜酒有些上头，回到家一直睡到晚上。

草原叫姥爷吃晚饭："姥爷，快起床！太阳都晒屁股了！"

"大晚上的哪儿有太阳？"

"那就是灯光晒着屁股了！快起床啊，吃晚饭了！"

变魔术

　　我们准备饭后出门，可是草原还坐在餐桌前磨蹭，剩下半个蛋清，就是不吃。爸爸鼓励她："还有半个蛋清哦，吃完我们就可以出发了。"草原犹豫地看着那半个蛋清。爸爸继续鼓励道："只有半个小蛋清了，啊呜一口就吃掉了。"

　　爸爸穿上外套，再返回去看时，蛋清已经不见了。爸爸问："蛋清呢？"

　　草原很开心地回答："吃了。"

　　爸爸不相信她在这么短的时间里就咽下去了，小嘴巴嚼也得嚼一会儿啊。果然，爸爸在茶几下面找到了蛋清，

而且放在很靠里的位置，上面还用别的东西压住作掩盖。

爸爸把蛋清拿出来严厉地问："这是什么？你怎么能说谎呢？说谎的孩子可不是好孩子！"

草原小声地说："爸爸，我是在给你变魔术呢。"

草原和爸爸

（一）爸爸变帅了

草原爸爸在外地出差，草原打电话："爸爸，我想你了！等你回来我要好好看看你，看你变帅了没有？"

爸爸出差回来，一进门，草原就冲上去搂住爸爸的脖子："爸爸，我猜的一点儿也没错，你果真变帅了！"

（二）爸爸真帅

草原爸爸刚理完发回家。草原大叫："爸爸真帅！超级无敌帅！"

爸爸很开心："真的吗？"

"当然了，小孩儿怎么能骗爸爸呢？"

（三）爸爸最酷

我从幼儿园接草原回家。一辆大哈雷摩托车从旁边轰鸣而过，留下一个渐行渐远的身穿黑色摩托车服、头戴大红色头盔的身影。我不由得感叹———"真酷啊！"

草原立刻反驳："酷什么酷？比我爸爸差远了！我爸爸那才叫酷呢！我爸爸是全中国、全地球、全宇宙最酷的人！"

草原和表哥

草原想午睡，不想让表哥在她的房间玩，于是对表哥说："哥哥，你去餐厅吃饭吧。"

表哥说："我已经吃饱了。"

"那哥哥，你去客厅看电视吧。"

表哥说："我不想看电视。"

都这么委婉地表达了，表哥还是不离开，草原"哇——"的一声哭了。

长大后
忘了
的事

草原和姥姥

（一）走得太慢了

草原和姥姥逛完超市回家。姥姥走在前面，草原跟在姥姥身后。

"姥姥，我走得太慢了！"

"那姥姥也慢点儿走等着你。"

"这么慢咱们得几点才能走到家呀？"

"那怎么办？姥姥抱着你？"

"嗯！"草原立刻张开小胳膊了。

（二）叽里咕噜滚下来

草原和姥姥晚上散步往回走，伸开小手想让姥姥抱。

"草原，姥姥走了这么远也很累，你看姥姥都流汗了。"

草原看了看姥姥额头上的汗，不忍心让姥姥抱了。

姥姥家住在四楼，没有电梯，草原和姥姥一起爬楼梯上楼。刚上了一层，草原就跟姥姥说："姥姥，我这么累，万一我上楼时像小老鼠一样'叽里咕噜滚下来'可怎么办？"

姥姥哈哈大笑，背起了草原。草原在姥姥后背上大喊着："姥姥，加油！姥姥，加油！"

长大后
忘了的事

吹牛与胡说八道

"妈妈，你知道什么是'吹牛'，什么是'胡说八道'吗？"

"不知道。"

"'吹牛'就是，你明明只能吃一个小包子，却说自己能吃一百个小包子，这就是吹牛。"

"那'胡说八道'呢？"

"'胡说八道'就是，你明明只能吃一个小包子，却说你能吃一只大皮鞋。"

催眠曲

躺在床上，草原见姥姥辗转反侧，问道："姥姥，你怎么还不睡？是睡不着吗？"

"嗯。"

"那我给你唱首歌吧，听着歌你就能很快进入梦乡了。"

"好呀。"

"姥姥，是我最好的朋友，

姥姥，是世界上最好的姥姥。

姥姥，穿什么衣服都好看，

姥姥，做什么饭都好吃。

我最喜欢穿姥姥给我织的毛衣，

我最喜欢吃姥姥做的饭。

我祝姥姥越长越漂亮，祝姥姥越长越高……"

发带

我新买了个发带，深蓝的底色上点缀着浅粉色的小碎花。回到家我赶紧梳理头发戴上，照着镜子美一美。

草原凑过来："妈妈，我见过这个，我们小朋友也戴。"

"小朋友也戴？"

"嗯，我们运动会的时候就戴着。"

"运动会还戴这个？"

"对。只不过，我们小朋友戴的都是大红色的，上面还有两个字——'必胜'！"

长大后
忘了的事

发音

（一）"烧"味

草原跟着姥姥去菜市场买菜。草原抽了抽小鼻子："姥姥，这里怎么有股'烧味'呀？"

姥姥环顾四周，并没有烧烤摊儿。"哪来儿的烧味呢？没有卖烧烤的呀。"

"不是那个烧味，是尿哗哗的那个'烧味'。"

（二）女巫

草原给姥姥讲故事，讲完姥姥没听明白，问草原到底讲的是有关什么的故事。

草原答："女巫。"

"什么？礼物？"

"不是。是女巫。"

"铝屋？用铝做的屋子？"

"女巫。"

"什么？"

"女巫，女巫！"

"绿弧？"

"唉……算了，我不跟你说了。"

剪扣子

草原双手捧着一堆小扣子问姥姥："漂亮吗？"

姥姥说漂亮，但不知道扣子从何而来，就问草原："哪儿来的这么多小扣子呀？"

"姥姥，你猜猜？"

姥姥猜不出来，到卧室一看，天哪，原来是草原用小剪刀把好几件小衣服上的扣子都剪下来了，有几件小衣服甚至被剪出了大洞！怪不得小扣子上都带着线头儿甚至布头儿呢。

姥姥把小衣服都拎到草原面前问："这是谁干的？好好

的衣服都剪坏了，全都没法穿了！"

　　草原一看姥姥的脸色："小豆豆剪的！"说完就跑去找
姥爷了。

叫早

草原爸爸喊我："大宝，起床了！"

"哎呀，别吵，再躺五分钟。"

草原凑到我耳边："妈妈，我爱你。"

我就一个蹦儿起来了！

近视眼

　　我给草原买了个新玩具，草原很宝贝地放进自己的衣橱里藏了起来。姥姥看见了，故意逗她说："妈妈给买的什么玩具呀？给姥姥看看行吗？"

　　草原打开衣橱门，姥姥刚想伸手拿，草原却不让碰："姥姥，你不是说只是看看嘛。"

　　"太远了，姥姥看不清。"

　　"姥姥，还是离远一点儿看吧，离那么近把眼睛看近视了可怎么办呀？"

长大后忘了的事

妈妈别上班

我准备出门上班，可是却找不到鞋了。

见我找得着急，草原不知从哪儿捧着我的一双大鞋出来了，一看就知道是她提前藏起来的。

"谢谢草原，帮妈妈找到鞋。"

"妈妈，你可不可以不去上班呀？"

"不行。草原在家跟着姥姥乖乖的，妈妈上班挣钱给草原买海苔吃。"

"妈妈，海苔姥姥可以给我买，你不去上班可以吗？"

"不行啊，单位有很多工作等着妈妈去完成。如果妈妈不去完成，会耽误很多事情。但是妈妈向草原保证，争取早一点儿回家好吗？"

"嗯。"草原转身又往餐厅跑。我换好鞋，见草原抱着一瓶矿泉水跑过了来："妈妈，你带着这瓶水路上喝吧，路上可不能渴着妈妈。"

长大后
忘了的事

没地方了

草原画了一张画，起名"一家人"。我一瞧，并排画了三个人，从左到右，一个大人，两个小孩。

"哎？这都画的谁呀？"

"爸爸、妈妈和我。"

"哪个是爸爸，哪个是妈妈呢？"

"中间那个是我，左边的是妈妈，右边的是爸爸。"

"为什么爸爸这么小呀？"

"因为最后画的爸爸，没地方了。"

你一半，我一半

朋友送给我一大袋话梅，草原看见了也想尝尝，我就给她拿了一小包，草原很喜欢吃。

从幼儿园接草原放学时，我给她拿出一小包，并告诉草原，腌制干果对健康没什么益处，一天只允许吃一小包。

过了两天，草原又向我要话梅吃，我以为都吃光了，就告诉她："已经没有了。"但晚上整理手提包时又翻出来一小包，我把这个好消息告诉草原。草原很高兴，但转念一想，又问："妈妈，只剩一包了？"

"对，就只找到这一包。"

“那妈妈，这一包给你吃吧，我知道你也爱吃。”

“还是草原吃吧，妈妈以后再去超市买。”

“妈妈，要不这样吧，我把肉都咬下来，分两半，你一半，我一半。”

排名

"妈妈，你知道我最喜欢谁吗？"

"姥姥。"

"嗯，猜对了一个。还有一个。"

"是妈妈吗？"

"对。姥姥和妈妈并列第一。"

"那排第二的是谁呢？"

"你猜猜。"

"姥爷？"

"又猜对啦！"

“那爸爸就成第三名了？”

“不对。”

“不对？那谁排第三？”

“告诉你吧，顺序是这样的——姥姥、妈妈、姥爷、喜羊羊、爸爸。”

手镯

　　草原姥姥过生日，我送给她一只翡翠手镯。草原看着姥姥戴上，发自内心地赞美："姥姥，妈妈送你的手镯真漂亮啊！"

　　"是呀，姥姥也很喜欢。"

　　"等我长大了，我也要买手镯送给姥姥。"

　　"谢谢小草原。"

　　"我给姥姥买个喜羊羊的！"

听语气

　　超市门口有个投硬币的旋转小飞机，投两枚一元硬币，小飞机就启动了。

　　上一个小朋友从小飞机上下来，小飞机正好停在了侧面，不太方便下一个小朋友上小飞机。草原姥姥想把小飞机往前推一下，再抱草原上去投币。结果刚要推动，店主很大声地呵斥："别转！别弄坏了！"草原一听，扭头对姥姥说："走，姥姥，我们不坐了，我们回家！"

　　姥姥很惊讶，给我叙述这件事："才两岁的孩子，懂什么啊！她居然会看人脸色、听人语气。现在的孩子真是不得了！”

草原听见了，接着补充：“谁让他说姥姥的！我们不坐了！”

长大后
忘了的事

外星人

　　草原睡前很喜欢和姥姥玩一个猜物品的游戏——用小指头在姥姥后背画图案让姥姥猜。

　　草原先画一个大长方形，再画一个小长方形。姥姥猜了半天也没猜出来。

　　"沙发呀！姥姥，这么简单都猜不出来！"

　　再画一个圆形，上面点很多小点点，姥姥又猜不出来。

　　"姥姥，我给你一点儿提示吧，是可以吃的东西。"

　　姥姥恍然大悟——"芝麻蛋！"

　　"芝麻蛋是什么呀？我画的是小橘子，橘子表面不就有很多小坑坑吗？"

　　我把这段"芝麻蛋"的对话转述给草原爸爸，草原爸爸也不明白"芝麻蛋"是个什么东西。我告诉他是一种糕点，类似"蜜三刀"，圆球形状的，外面覆盖一层芝麻。草原爸爸明白了："哦，是麻团儿啊。"

　　又一晚，草原在姥姥背上先画一个圆圈，再画一道竖。姥姥猜是棒棒糖，草原说不对。那是什么？姥姥猜不出来了。草原说："还是我揭晓谜底吧，是半个西瓜。"

　　"怎么是半个西瓜呢？"

　　"那个圆就是个大西瓜呀，从中间切一刀不就成半个西瓜了吗？"

　　接着，草原又画了起来，这次用了很长时间才画好。姥姥感觉是乱画的，一点儿也没有规律，根本猜不出来。草原没耐性了："算了吧姥姥，我还是直接告诉你吧，是个外星人。"

　　"啊？这也行？这也太难了吧！"

　　"好吧，下次我画个普通人。"

咱家都有

我和草原爸爸要上班，所以在草原上幼儿园之前，只能把她留在外地姥姥家，由姥姥、姥爷照顾。

有一次我出差，正好要路过娘家。草原知道我要回去，也不午睡了，吃完午饭就让姥姥抱着下楼。姥姥告诉草原，妈妈还有一个多小时才能到呢。但草原还是等不及，让姥姥带着她一趟又一趟下楼，每次下去等十几分钟，看不到我，又让姥姥带她上楼。反复好几次之后，姥姥终于接到我的电话，赶紧又抱着草原跑下楼，早早地站在小区门口等着我。

见到草原，我使劲抱了抱、亲了亲她，然后将她送回姥姥怀里，放下礼物，接着又上车继续出发了。

后来，听姥姥说，草原当时很奇怪："妈妈为什么不回家，又跟着车走了？"

"因为妈妈要去工作，要赶时间。"

"哦，那我就跟姥姥回家吧。"

见草原没哭也没闹，姥姥心里过意不去，指着小区门口的超市问草原："咱们进去看看你想要点儿什么，姥姥给你买。"

"姥姥，我什么也不要，咱家都有。"

长大后
忘了的事

胖男孩

草原上幼儿园了。

前三天试园，允许家长陪同，并且只上半天的时间。

第一天哭声一片，第二天稍微缓和了些，幼儿园里有各种各样好玩儿的玩具，吸引了小朋友们的注意力。草原喜欢搭积木，坐在小椅子上，守着一桌子积木自己玩。我离她有一段距离，在后面远远地看着。

一会儿工夫，草原就"建"起了一座高楼，只要再放上"楼顶"就大功告成了。而在草原的斜对面，有一个胖胖的小男孩也在用积木搭高楼。之前我已经注意到他了，他见草原拿红色的积木，他也拿红色的；草原拿长方形的积木，他也拿长方形的。可惜他的拼搭速度总是慢一拍。这时，桌上只剩一块黄色的三角形积木，草原想用它当作楼顶。胖男孩见草原伸手拿起来这块积木，迅速从草原手中抢了过去。草原没说话。胖男孩的妈妈在旁边说："这是人家小朋友的，你快还给人家，妈妈再给你找块别的颜色的。"但胖男孩依旧不松手，草原就找了另外一块三角形的积木放了上去。胖男孩一看草原的大楼"竣工"了，气得一把把草原搭好的高楼推倒了。"哗啦"一声，桌子上又摊满了七零八落的积木。胖男孩的妈妈在一旁柔声细语地说："你怎么能这样呢？怎么能把小朋友搭好的积木推倒了？"我不出声，依旧在原地看草原的反应。草原不哭也不闹，又重新搭起了积木。周围的家长们都皱起眉头，盯着胖男孩母子小声议论着。胖男孩的妈妈也感觉到了这些火辣辣的目光，拉着胖男孩去室外活动了。

直到等草原又安静地搭好大高楼，我才走上前去："草原，好漂亮的大高楼啊！设计和建造得都很棒！"

长大后忘了的事

　　第三天，我又注意到了那个胖男孩，是因为他哭了。不知什么原因，他坐在地上哇哇大哭。我问草原："他怎么了？"草原用很不屑的语气说："不知道。长得跟小舅舅一样胖还哭呢！"

　　草原的小舅舅不算胖，但很壮实。

　　原来草原混淆了三个概念——胖，强壮，坚强。

下次吧

去幼儿园接草原放学，草原很小声地跟我说："妈妈，告诉你个小秘密，高××说要和我结婚。"

"啊？那你怎么回答？"

"我没说话，只点了点头。"

"点头就表示你同意了？"

"嗯，同意。"

"你知道结婚是什么意思吗？"

"知道啊，就是两个人生活在一起，就像你和爸爸。"

"那如果你上学后又遇到更喜欢的小朋友怎么办？"

长大后
忘了的事

草原想了想:"那我明天还是再跟高 ×× 说说吧。"

"说什么?"

"我就跟他说,高 ××,这次先不跟你结婚了,等下次吧,下次我再和你结婚好吗?"

想爸爸

草原爸爸出差了。

草原说："妈妈，我想爸爸了，我全身都在想爸爸。"

长大后
忘了的事

小油饼

从幼儿园接草原放学。她笑嘻嘻地看着我："妈妈，你先闭上眼睛，我给你个惊喜。"

"什么呀？"我蹲下来把眼睛闭上。

"好了，可以睁开眼睛了。"

草原站在我面前，手里攥着一小块油乎乎的饼："这是我们今天的晚饭，小油饼。"

"你吃不了剩下的呀？"

"不是，是因为小油饼太好吃了，我舍不得都吃光，就给你留了一块，想让妈妈也吃，要不然妈妈来接我的时候饿了可怎么办呀？妈妈，你快尝尝好不好吃。"

我张开嘴巴，草原把小油饼放到我嘴里。别说，还真挺好吃！

"草原把小油饼放哪儿带出来的？"

"放在我裤子的口袋里！"草原说着掏裤子口袋。满裤子的油哇！

长大后
忘了
的事

心

"妈妈，我的心里全是心，那都是给你的。"

"草原，妈妈的心里也全都是心，都是给草原的。"

晚上，草原用小卡纸器裁了很多心形的卡片，有各种颜色，放在一个透明的小圆盒里，递给我说："妈妈，这些心都是给你的，你上班带着它们，想我的时候看看这些心就好了。"

长着好看

　　给草原看了一套有关身体知识的绘本，草原看完跑去问爸爸："爸爸，你也有肚子，为什么你就不能生小宝宝呢？"

　　"妈妈生小宝宝是因为妈妈肚子里有一个柔软的袋子，小宝宝没出生以前就住在那个小袋子里面。可是爸爸肚子里没有那个袋子，所以就没法装小宝宝了。"

　　洗澡时，草原指着自己的小胸部问："妈妈，这是什么呀？"

　　"这是乳头。"

"干什么用的呢？"

"等小女孩儿长大后生了自己的宝宝，乳房里就有了奶水，小宝宝就通过乳头吮吸妈妈的奶。"

"哦，我小时候就是吃妈妈的奶长大的吗？"

"是的，哺乳动物都是吃妈妈的奶长大的。比如牛妈妈生了小牛宝宝，就是用这儿喂小牛的。"

"哦，我明白了。我是吃妈妈的奶长大的，妈妈是吃姥姥的奶长大的，姥姥是吃太姥姥的奶长大的。"

"对了，草原真聪明！"

草原又问："那只有生了小宝宝以后那儿才会有奶是吗？"

"是的。"

草原又跑去问爸爸："爸爸，你没法生小宝宝也就没有奶喽？"

"对啊，爸爸哪儿来的奶呀！"

"那你长那个干什么用？"

"呃……"爸爸一时不知该怎么回答，"长着好看。"

《今日说法》

　　草原提前在沙发上坐好，准备和姥姥一起观看电视里即将播出的《今日说法》节目。

　　我好奇地问了一句："草原，你能看得懂吗？"

　　"能啊。"

　　"这是个法制节目，你知道什么是'法制'吗？"

　　"知道啊，就是警察抓小偷呗。"

　　当天的节目讲的是一位八十多岁的老人，膝下六个子女都不养老，最后老人无奈把子女们告上法庭的故事。草原看完很生气，跟姥姥说："姥姥，等你老了我养你！我给

长大后忘了的事

你做饭吃！我长大了要挣钱养我们一家人！"

看来小朋友还真是看懂了，我深刻体会到了栏目的精髓——不仅是在普及法制知识，还是在宣传良好的社会风气和道德。

《汤姆的外公去世了》

　　给草原读完《汤姆的外公去世了》这本绘本，草原伤心地问："为什么汤姆的外公会去世？他生病了吗？治不好了吗？"

　　"不是的，是因为他老了，就像秋天来了，树上的叶子就会枯萎飘落，投入大地母亲的怀抱一样。"

　　听完，草原抱着我哇哇大哭起来。我问她怎么了，她也不说，我只好先任由她哭。等她哭够了，草原才抽泣着说："妈妈，我刚才突然想，如果以后，你老了，死了怎么办？哇——"说完又大哭起来。

长大后忘了的事

我故作轻松："嗨，你看妈妈多年轻啊！妈妈变老？还早着呢。太姥姥都八十多岁了，老吗？也不是很老嘛！太姥姥再活二三十年要活到一百多岁才算真正老呢！妈妈要到什么时候才开始变老呢？要等到草原长大有了自己的小宝宝，草原的小宝宝长大了，又有了她自己的小宝宝，等妈妈当了太姥姥以后，才开始慢慢变老呢。还早着呢！"

草原一听，不再难过了，妈妈变老听起来的确是很久远的事情。

白费力气

草原姥姥想改变一下客厅的格局，就先把组合沙发一个一个地拖离原地，再把茶几调转了方向，然后又把沙发再一个一个拖过去重新组合起来。

结果在摆最后一个沙发时，才发现之前没有计算好尺寸，就差那么一点点儿，房门不能完全打开了。没办法，只好把沙发又一个一个再拖回去，恢复原样。累得姥姥满头大汗。

看着姥姥拖过去又拖回来，草原站在一旁双手叉腰直摇头，幽幽地说："唉……真是白费力气。"

抱走了

爸爸抱着草原说:"小宝贝,趁你还小,爸爸得多抱抱你,以后就没法抱了。"

"为什么?"

"等你长大了就被别人抱走了。"

草原瞪大眼睛问:"被谁抱走了?"

"等你嫁人了,不就被别人抱走了吗?"

"嗨,那能叫抱走了吗?"

比小公主索菲亚还漂亮

带草原去选购夏装，看到一条成人的裙子，我忍不住试穿了一下，问草原："妈妈穿这一件好看吗？"

草原愣愣地看着。

"草原，你怎么不说话呀？"

"妈妈，你真是太漂亮了，你穿这一身实在是太美了，美得我都不知道该说什么好了，简直就和'小公主索菲亚'一样美！……不，比小公主索菲亚还要漂亮一百倍！"

长大后
忘了的事

变老

草原盯着我看。

"怎么了?"

"妈妈,你的眼睛怎么长皱纹了?"

"因为妈妈开始变老了。"

草原一听,眼圈儿一下就红了。我赶紧安慰她:"开玩笑的,因为妈妈这几天没休息好。"

老,是个缓慢的过程,有时候,却给人以突兀的感觉。

有一年回我的姥姥家,草原爸爸开车。远远地,前面一位花白头发的老人在蹒跚踱步。草原爸爸说:"哎,这不是姥爷吗？"

"怎么可能？肯定不是！"

因为在我的印象中，姥爷虽然上了岁数，但身体硬朗、步伐矫健，和这位弯腰驼背、步履蹒跚的老人根本不是一个级别的嘛！

"绝对是姥爷！"

"肯定不是！"

"不信就看看。"草原爸爸很确定。

我们又开了一段路，草原爸爸降下车窗喊了一声"姥爷"，那位老人扭过脸来，我一下呆住了！居然真是我的姥爷！怎么可能？怎么可能！我的姥爷，那个走路甩着胳膊迈着大步呼呼生风，吃饭稀里呼噜一大盆，一到冬天就不知疲倦地一小推车一小推车拉煤生火的那位高高大大的铁路工人哪儿去了？怎么一下子就变成眼前这个佝偻的小老头了？这是什么时候发生的事呀？怎么感觉昨天姥爷还跑出去给我买我爱吃的糖球（冰糖葫芦）和山药豆，今天突然腰就弯了、背就驼了呢？我心中那个高大伟岸的姥爷

哪儿去了？

下车扶着姥爷走回家，仔细端详，姥爷确实老了。我很心疼。

很多变化，无声无息，却紧锣密鼓，你感受不到，它却在快速行进。就像草原姥姥，为她过六十岁生日时我才突然发觉——什么？妈妈六十了？感觉妈妈还好年轻呢！这也是别人常对妈妈说的一句话——"好年轻啊！真看不出六十了！看着像四十多岁呢！"而妈妈总是微笑着回应："还四十多呢，闺女都三十多了！"

今后有机会得多陪陪这些亲人，我回娘家的次数太少了。希望他们所有细小的改变，我都能参与其中，也希望我的行动能影响到草原。陪伴姥姥和守护草原，对我来说同样重要。

错怪

草原爸爸赴宴回家，带回一幅朋友创作的国画。

画很长，我拉着画轴的一端，草原爸爸缓慢后退着展开整幅画卷给我看。

草原看见了，马上跑过去伸出小手要拽画的中间。我大喊一声："草原别动！"草原愣了一下，接着"哇——"的一声哭了起来，越哭声音越大。我马上意识到可能错怪草原了，不然她不会因为我说她一句而哭得这么伤心。

我赶紧放下画搂着草原："是不是草原也想帮爸爸拿画啊？刚才是妈妈错怪你了对不对？"

草原点点头，还是一个劲儿地哭。

草原爸爸在一旁埋怨我："你喊什么喊？看把孩子冤枉的！"

草原被我搂着，直到不抽泣了，才噘着小嘴巴委屈地说："妈妈，我看中间的画都耷拉到地上了，我是想帮爸爸把画托起来。"说完又放声大哭起来。

哦，原来是这样，确实是我做错了，不该大声呵斥草原。是我以大人的思维来思考孩子，对不起，是妈妈错怪草原了。我还以为草原好奇，想扯着画的一边看看整幅画，担心草原把画给扯烂了，没想到孩子是好心，是想帮忙把画托起来，以免落到地上。

我也告诉草原："今后如果再有人误会你，你要学会解释，把你的真实想法告诉他，不能光哭，哭是不能解决问题的。如果妈妈没有猜到你的想法怎么办？你一直哭下去吗？并不是所有人一看到你哭，就会想到可能是错怪你了。"

草原点点头。

打爸爸

因为不同的观点，我和草原爸爸发生了争论，草原爸爸一着急不觉说话嗓门大了起来。草原听见爸爸对我说话那么大声，赶紧拉着我进卧室锁上门不让爸爸进门，抱着我哭了起来。我担心吓着她了，就抱着她说，这只是因为爸爸和妈妈对一件事有不同的意见，谁都认为自己是对的，结果争论了起来，并没有吵架。草原这才点点头放心地睡了。

第二天我问草原："你昨晚为什么哭啊？是不是爸爸说话声音太大吓着你了？"

草原摇头："不是，是因为爸爸说妈妈，我喜欢妈妈，

我不让他说你！"

　　说到这儿，草原眼睛又湿润了："妈妈，我现在想起这件事还是想哭，我不准他说你，你说的就是对的。我要打爸爸！"

反向音阶

　　"妈妈，你看我弹这一组音阶，左右手像不像两个好朋友？它们一起玩儿，玩完了各自回家，一个上楼，噔噔噔；一个下楼，当当当。"

　　弹了一段后，草原接着说："睡了一觉醒来，第二天又一个下楼、一个上楼，它俩又在一起玩了。"

长大后
忘了的事

妇女节

三月八日晚上，我和草原一起看电视上播出的文艺晚会。刚一开场，草原就叹气："唉……怎么又是这个丑阿姨出来了？她怎么今天还出来主持啊？"

我问："今天怎么了？"

"今天是妇女节呀，应该找个漂亮的阿姨才对！"

"妇女节就得找漂亮的吗？"

"对呀，就像过年必须说好话（吉利话），不能说不好的话（不吉利的话）一样，大过节的不就得找个漂亮的阿姨吗？"

"哦，是这个原因哪。"

"妈妈，你给电视台打电话说说。"

"可是，漂亮的阿姨不一定就比这个阿姨主持得好呀，不能光看长相。"

"反正今天是妇女节，就应该找个漂亮的。"草原无奈地摇摇头，"今年就先这样吧，明年过节可一定得找个像妈妈一样漂亮的阿姨出来主持才行啊。"

长大后
忘了的事

姥姥生日

有一段时间，草原姥姥自己住在老家。第二天就是她的生日了，可是不巧那天非节假日，我要上班，没法回老家去给她庆祝生日。于是，我跟草原说："明天是姥姥的生日，咱们一大早就给姥姥打电话送祝福哇！"

草原激动地说："太好了！妈妈，你赶紧订蛋糕吧，明天我得吹蜡烛、吃蛋糕给姥姥庆祝生日！"

关心

　　草原姥姥不小心划破了手指。草原隔一会儿就跑过去问一句:"姥姥,你的手好了吗?"

　　姥姥谢谢草原的关心。草原回答:"不用客气,年轻人就应该关心老年人嘛。"

长大后
忘了的事

画饼充饥

近来，我发福了，很多衣服都穿不上了，于是开始减肥，晚上不吃饭。

睡前，草原问："妈妈，你饿吗？"

"有点儿，但能忍受。"

"我送给你个礼物吧。"草原从身后拿出一张画，"妈妈，这是我送给你的比萨饼，你饿的时候看看比萨饼就好了。"我接过来一看，两个圆圆的大比萨饼："是姥姥教你画的吗？"

"不是。姥姥一开始还以为我画了两个车轱辘呢，等到我画完了姥姥才看出来是两个大比萨饼。”

画得真不错，我看完更饿了。

长大后
忘了的事

换车

出门经常抱怨停车难。草原就建议我换辆更小的车以方便停放。

根据她的描述，新换的车应该——"小小的，只能坐两个人"，我一直以为她推荐的是 Smart 汽车。直到有一天，草原像发现新大陆似的指着一辆小车大喊："妈妈快看，就是这样的车！你看它跑得多快啊，都超过你了！"

我一看，不是四轮的，是三轮的；两个座位不是并排的，而是前后的——原来是老年代步车呀。

火

"草原，别吃糖了，都上火了！"

草原吓坏了，赶紧跑到镜子前面张开嘴巴照了照镜子："咦，妈妈，我的嘴巴里没有火呀？是我的肚子里有火吗？"

"这是中医的说法，并不是肚子里真的有火。中医和京剧、武术、书法一样，都是我们的国粹。"

"那么你有时候说的这本书卖得很火，那个人火了，也不是真的有火，对吗？"

"是的。"

我们的汉语博大精深呢！

长大后
忘了的事

进去看看

草原和爸爸散步，走到一家小超市门口，草原提议："爸爸，我们进去看看吧。"

爸爸先"打预防针"："爸爸出门可没带钱啊。"草原犹豫了一下，还是拉着爸爸的手进去了。

逛了一圈，草原有些不高兴："爸爸，你出门怎么也不带钱哪？里面这么多我喜欢的东西，我又忍不住想买，怎么办？"

"你不是说只是进来看看吗？"

"那我渴了怎么办？"

于是，爸爸用手机支付的方式给草原买了瓶水。

草原说："原来用手机就可以付款哪，早知道……"

长大后
忘了的事

米老鼠

再过两天，幼儿园就放暑假了。我和草原爸爸要上班，只能让她到外地姥姥家先住一段时间。

晚上睡觉前，草原抱着爸爸从迪斯尼乐园给我买的大米老鼠，告诉我："妈妈，我去姥姥家时要带着大米老鼠一起去。"

"那可不行，这个米老鼠是妈妈最喜欢的。"

草原一听，有些激动了："我都已经跟姥姥说好了！"

"可是这个米老鼠是爸爸送给妈妈的，你怎么不跟妈妈商量一下就自己做决定呢？你只能对爸爸送给你的那个小米老鼠说了算，因为小米老鼠是爸爸送给你的。这个大米老鼠是妈妈的。"

草原听完，着急地哭了起来。

"这有什么好哭的？你带着小米老鼠去姥姥家不就行了？这不都一样嘛！"

我越是说，她越是哭。

我干脆不再劝了，等她哭完，我在一旁思索，带大米老鼠去姥姥家可能不只是简简单单带个玩偶过去，或许还有别的原因。

"草原，你是不是想把大米老鼠带到姥姥家，晚上搂着大米老鼠睡觉呀？"

草原抬起头来看着我，脸上还挂着泪珠，点了点头。

"那是不是想妈妈的时候搂着大米老鼠就像搂着妈妈一样呀？"

听到我这么一问，她又哭了起来，还更伤心了。我知道猜对了，这才是草原要带着大米老鼠去姥姥家的真正原因。

我向草原道歉，请她原谅妈妈。她抽泣着说："妈妈，

长大后
忘了的事

我想你的时候抱着大米老鼠，就好像妈妈抱着我一样。哇——"说完又大哭了起来。

哦，真是这样。"那草原是不是想把小米老鼠留给妈妈，想让妈妈每天晚上搂着小米老鼠睡觉，就像搂着草原睡觉一样啊？"

她点点头。

"什么时候妈妈成了大米老鼠，草原成了小米老鼠了？米老鼠的大耳朵在头顶上，妈妈的耳朵在两边。而且妈妈的耳朵不是黑色的，要是妈妈有一对米老鼠的大黑耳朵，天天顶在头上晃晃晃……"我冲她摇晃着脑袋，她破涕为笑。

"草原，想妈妈的时候可以打电话呀，咱们可以视频通话的。再说了，妈妈每隔一个星期都会回姥姥家看你的，坐着高铁很快就到了。"

这天晚上，我把大米老鼠提前给草原装进她的小拉杆箱里，又把她的小米老鼠放到我的枕头边上，然后抱着她安心地睡了……

沐浴露

姥姥给草原洗澡，草原泡在大浴盆里很舒服。

"姥姥，卫生间里太闷了，你先出去休息一下吧，我自己在大盆里玩一会儿，一会儿我叫你。"

姥姥出去喝了口水，再推开卫生间的门一看，大盆里面全是泡泡，连瓷砖地面上也都是泡沫。再看那一瓶沐浴露，姥姥出去前还是满的，几分钟的工夫，就空了。姥姥拿着空瓶问草原："里面的沐浴露呢？"草原说都用了。姥姥很生气："姥姥新给你买的，三十多块钱呢，你一下子全用光了！太浪费了！"草原知道自己错了，默不作声地听着。

洗完澡出来，草原跑到姥姥身边，不认错，却挑姥姥的不是："姥姥，你刚才那样对我说话不对，你应该好好跟我说，像这样——'草原，不能用这么多沐浴露，少用一些就行。'"

姥姥用温和的语气笑着跟草原说："姥姥花了三十多块钱买的沐浴露呢，你一下子全用完了，姥姥多心疼啊。太浪费了，这么贵的东西，下次可不能这样了！一次只用一点儿就行了。"

"哼，下次我一点儿也不用了！"

神仙接住了

　　草原换牙了，换的是下面的一颗小乳牙。我把掉下来的小乳牙扔到了一个平房的屋顶上。

　　按照老家的习俗，小孩儿掉了乳牙，如果是上面的牙，就要站在高处往下扔，比如从楼上扔到地面，因为上牙往下长。同理，如果下面的乳牙掉了，就要往上扔，站在平地上使劲往高处扔，扔到房顶上。

　　我问草原知不知道为什么要把小乳牙扔掉。草原说："知道呀。""啊？知道？"听她说说看。草原说，下牙往上扔就是扔到天上去，天上的神仙接住了小朋友掉的小

牙齿，就会保佑小朋友的新牙齿快快长出来。

我很惊讶："你是怎么知道的？谁告诉你的？"

"《大头儿子小头爸爸》里面讲的呀，有一集动画片，大头儿子掉牙了，围裙妈妈就这么说的。围裙妈妈把大头儿子掉的小牙齿往屋顶上扔，正好小头爸爸在上面修屋顶，就一下砸着小头爸爸的头了。哈哈哈……"

生日愿望

草原问："妈妈，你什么时候过生日？"

"秋天，怎么了？"

"你过生日的时候能不能许个愿望，给咱们家养只小狗狗？"

"不能。"

"为什么？"

"妈妈太忙了，没时间照顾它，只养你这一只小狗就行了。"

"我可以照顾它呀！"

　　"你也够忙的。平日爸爸妈妈上班，你上幼儿园，把小狗狗自己留家里，它多可怜哪。如果咱们出远门，谁给它喂食，谁给它洗澡呀？没人理它多孤单哪。"

　　"那好吧。"草原有些失落，"本来我准备过生日的时候许这个愿望的，但后来想了想，又许了别的愿望。"

省钱

　　草原想吃元宵了，姥姥就带她去超市买。一会儿工夫，她们回来了。

　　我问："这么快就回来了。元宵买到了吗？"

　　草原不太开心："嗯。"

　　"买了怎么还不高兴呢？"

　　"因为我想吃桃子味儿的，但姥姥买的是黑芝麻味儿的。"

　　"那你为什么不告诉姥姥你要桃子味儿的呢？"

　　"姥姥说桃子味儿的太大了，我一口吃不下。"

长大后忘了的事

　　"那就没有小一点儿的桃子味儿的吗？"

　　"有哇，可是太贵啦！这袋多好，又小又便宜，姥姥就认准这袋了。"

圣诞礼物

平安夜，草原睡前千叮咛万嘱咐，让我千万不要把窗户全关上，要留条缝儿，不然圣诞老人就进不来了。

我答应她不关窗户，并趁她睡着的时候，在圣诞树下放好了她一直想要的圣诞礼物——一架遥控直升机。

第二天草原醒来，看到礼物激动无比，又蹦又跳，感叹圣诞老人的神奇：怎么就能知道她的小心愿，给她送来最期待的礼物呢？

和草原一起打开包装，我说："咱先试试，不行的话妈妈赶紧去换。"

长大后
忘了的事

草原瞪大眼睛疑惑地看着我："妈妈，圣诞老人不是早已经走了吗？你去哪儿找他换？"

贪便宜

我带草原去买衣服。草原夸奖："妈妈，你买的衣服都漂亮，质量还好，不像姥姥。"

"姥姥怎么了？"

"姥姥只要一听'清仓处理'呀，'大甩卖'呀，拉着我就过去了。"

我能想象得到草原姥姥那百米冲刺的镜头。

草原接着说："上次姥姥买了件毛衣。可好看了！可惜，你猜怎么着？"

"怎么着？"

"姥姥才穿了一天，就秃噜线了。"

小座椅

现如今，骑自行车送宝宝去幼儿园的家长越来越少了，城市的扩张，使大家都住到了很远的地方，自行车变得不那么方便了。

这两年由于汽车数量急速上升，导致交通拥堵严重。幸好人们又想起了扔到一旁的自行车，于是，共享单车应运而生，并且流行。

草原一直建议我也骑自行车上下班，让我骑自行车送她上学。只是，共享单车后面没有座位，所以我没法骑车带着她。她只好搬出她那四个轱辘的自行车（后轮旁边有两个辅助平衡的小轱辘），在小区里骑上两圈过过瘾。

小时候，小朋友们都是由爸爸妈妈骑着自行车带去幼儿园的。那时我家的出行工具就是妈妈的自行车，后面还安装了一个小座椅。只要坐在小座椅上，搂住妈妈的腰，就会感觉安全、踏实。

雨雪天，钻到妈妈的大雨披底下。冬天，双手伸到妈妈的衣服口袋里，暖暖和和的。

我上中学时，班上来了一位刚刚大学毕业的男老师，教数学。他不仅人长得帅气，课堂上还很幽默，女生们都喜欢上他的课，连原本对数学不感兴趣的女生，数学成绩也直线上升。放学后，数学老师骑着自行车穿过校园，是一道亮丽的风景。

可是突然有一天，数学老师的自行车后面多出一个小座椅，女生们的惊讶和失望，现在想来，也是美好的记忆呢。

我打算赶紧教会草原骑自行车，等她再长大些，我和她爸爸就带着她，三人一起，来一次真正的骑车旅行。

长大后忘了的事

新发型

临近过年，草原姥姥要去做新发型。上午出的门，又是烫又是染的，折腾了大半天，直到下午才美美地回到家。

草原问："姥姥，你的头发什么时候才能干哪？"

"就是这样啊，这就是干了以后的头发。"

草原一听，有些着急了："啊？那以后就回不去了吗？"

"回不去了。怎么，不好看吗？"

"我还是喜欢姥姥原来的样子。"

"唉……"草原姥姥很失落，"这钱白花了，草原没相中啊。"

学舌

草原姥姥："草原，真不听话！"

草原："姥姥，真不听话！"

"怎么这样跟姥姥说话呢？打你屁股，小草原！"

"打你屁股，姥姥！"

姥姥拿了一个苹果："这个苹果给小草原吃。"

"这个苹果给我吃。"

长大后
忘了
的事

一路顺风

草原在姥姥家避暑。

一天晚上，草原的小姑姥姥去姥姥家做客。晚饭后，小姑姥姥下楼，准备步行回家。草原和姥姥在楼上，打开窗户往下看。

一见小姑姥姥走出单元门，草原就朝楼下的小姑姥姥喊："小姑姥姥再见，小姑姥姥再来。路上小心，注意安全，一路顺风！"

第二天，草原姥姥去晨练，碰到楼上的邻居们，都一个劲儿地夸草原："哎呀，小草原昨晚那么有礼貌哪，还会说'一路顺风'呢！"

永远爱你

　　我去外地出差三天，没盯着草原练琴，她就偷懒了。小孩子毕竟还是个小孩子，天性贪玩儿。出差回来后，我检查她练琴的情况，发现她手型保持不好，一看就是没练熟怕弹错，所以很紧张，手指都僵着，胳膊也不放松，全身都绷着，弹出来的声音不稳。弹到最后两小节，和弦听起来特别不舒服。

　　"草原，你弹错了吧？"

　　"没错。"

　　我一看谱子，她果然弹错了："你不会一直都是这么弹

的吧？"

草原心虚地点点头。

"你弹琴不看谱子吗？老师没要求你先背谱子再弹吗？还是背错谱了呢？"我有些火。

第二天的钢琴课上，我之前指出的地方，草原果然又弹错了。三条练习曲，每一条都有小毛病。这次上课老师没有表扬草原，以往每节课草原都会得到表扬。回家的路上我没和草原过多交流。

回家后草原掉眼泪了："妈妈，是不是因为我这周没好好练琴，你不爱我了？"

"没有呀，为什么会这么想？"

"因为我给你做了卡片你都不知道，也没说你看到卡片后很开心。"她说完又哭了起来。

我突然想起来草原给我做的卡片，已经被我夹到日记本里了。我给草原找来日记本打开看，她这才放心。

我告诉草原："妈妈永远爱你。无论你做错了什么，妈妈永远都会爱你。只是，妈妈希望你能做得更好，因为你有这个能力。"

　　我也给草原做了一张卡片，上面写上——"草原，妈妈要告诉你一件很重要的事——无论草原做错了什么，妈妈永远爱你。"草原看了也收起来了，不知道藏哪儿去了。

中国队，加油！

　　草原爱好广泛，志向也由最初的幼儿园老师，先后变成钢琴演奏家、芭蕾舞演员、探险家、飞行员……之后，到草原上幼儿园中班时，她又想成为赛车手了。因为草原嫌妈妈开车太慢了："妈妈，你就不能快一点儿吗？后面的小黑车都超过你了！"

　　"我们安全第一，慢一些没关系，只要不迟到就行。"

　　"还是坐爸爸的车好，爸爸开车像火箭一样快！"

　　近几日，草原突然又想当运动员了。这个过程又经历了几个阶段——跑步健将、跨栏选手、跳水运动员、滑雪选手、溜冰选手、游泳运动员。因为爸爸喜欢看中央五套的体育节目，草原也很关注那个频道。

有一晚直播拳击比赛，我不想让女孩子看那么激烈的体育项目，就提出换个电视频道。但草原不让换台，在沙发上边蹦边喊："中国队，加油！中国队，加油！"我站在电视机前仔细看了看，哪儿有中国队呀！

长大后
忘了的事

仪式感

六一儿童节这天，我一早送草原去幼儿园。草原问："妈妈，今天晚上我们去饭店吃饭吗？"

"不去呀。为什么要去饭店吃饭？是因为六一儿童节吗？"

"不是。今天不是你和爸爸的结婚纪念日吗？"

"哦，这个原因哪。结婚纪念日不一定非要出去吃呀，在家吃也可以庆祝呀，自己做饭多好。再说你今晚还有国画课呢，出去吃饭也来不及。"

六月二日，吃早饭时草原又问："昨晚你们喝酒了吗？"

"没有呀，怎么，屋里有酒味儿？"

"没有酒味儿。"

"那你为什么突然这么问？"

"结婚纪念日不得庆祝一下吗？去年就是去饭店吃的饭，你们还喝酒了呢。这次不去饭店了，在家吃饭连酒也不喝了吗？"

"上次吃饭是为了给刚从国外回来的大姐姐接风，正巧那天赶上爸爸妈妈的结婚纪念日，所以就一起庆祝了。"

草原点点头。

不过通过这件事，我发现了草原一个值得肯定的地方，就是她有"遇到节日要庆祝一下"的这个意识，特别的日子要特意庆祝。有了这种仪式感，相信草原今后的生活会有很多色彩和乐趣。

长大后
忘了的事

毕业了

夏季，是毕业季。草原也即将要结束三年快乐的幼儿园生活了。园方通知了家长举行毕业典礼的日期，我们几个家长在 QQ 群里互相留言，诉说自己有多么不舍，有多么留恋。

终于到了毕业典礼那一天，我揣着一大包纸巾去了，以为现场大人孩子会哭成一片，多带点儿纸巾总能派上用场。结果没想到，当天小朋友们都玩得很开心，又蹦又跳，又喊又叫，倒是老师和家长们心里都酸酸的，想掉眼泪。

一位家长问孩子："以后就要和你们班的小朋友们分开

了，上小学就不在一起了，你不难过吗？"

小朋友回答："这有什么好难过的？想他们的话就打电话呗，也可以微信语音哪，视频聊天哪，还可以约好出来玩儿呀。"

感谢现在这么便捷发达的通信技术，无形中把人与人的距离拉近了。

是我想多了，那包纸巾白带了。这样反倒更好，结束这次快乐的毕业典礼，小朋友们都长大了。

长大后
忘了的事

回望幼儿园

草原从幼儿园毕业了。

有太多不舍，太多美好，太多感谢！感谢老天安排让孩子们遇到三位优秀的老师，度过了三年快乐无忧的童年时光。这是全班孩子的福气。

回望这三年，我首先感到庆幸，庆幸自己当初的坚持，才有了后来那么多意料之外的收获。

最初有很多好心人劝我给孩子找个离家近的幼儿园，大人省事，孩子也不用早起，不用像我这样每天在路上花费将近两个小时的时间。以至于后来草原都快上中班了，朋友们知道草原上的幼儿园还是惊讶不已："怎么去那么远的幼儿园？"因为我家附近也有几家很不错的幼儿园，而我却要舍近求远。我也只是笑笑，解释说是因为离我单位近，其实离我单位也不算近。我也知道，孩子每天至少要比别的孩子少睡半个小时，而且赶上刮风下雨的天气，路上的交通状况会更糟，需要一个多小时才能到幼儿园。这些我都经历过，体会过。曾经被草原嫌弃开车慢如蜗牛，被后面的车不停按喇叭、闪大灯催促的我，也慢慢地开始学会超车了，也开始嫌前面的车开得太慢了，也开始变得急躁了。

冬天一大早，天还没亮透，我就载着草原出门了。下午放学，开车走到一半的路程，天就变黑了，要打开车灯。等到家停下车时，天已经黑透了。我也是很心疼这个小家伙的。

不过，回头想想，我也很庆幸有这段匆忙赶路的时间。因为我和草原每天都能比别的母子多享受近两个小时的亲子时光。那是妈妈和宝宝单独相处的快乐时间。

早晨，我们一起听儿歌，听英文歌，伴着朝阳、哼着歌曲去幼儿园。傍晚，我们聊天，听草原给我讲她幼儿园的小朋友，讲她幼儿园这一天的生活。草原讲完还会跟我说："妈妈，我给你讲了这么多我们幼儿园的事情，你也给我讲讲你们单位的事情吧，你今天的工作怎么样？"

夏天，如果路上不堵车，我们会早一些到。有时候，幼儿园还没有开大门，我们就会去幼儿园对面的大明湖转转，看看盛开的荷花，看看满眼的绿，看看大荷叶上滚动的露珠和停驻在荷花上的蜻蜓。而平常，我是没有时间特意去大明湖的，即使周末，也不会早起去逛景区。

有一天清晨，因为凌晨时分下了一场大雨，雨过天晴后的大明湖空气清新极了，一切都像被冲洗过一样，干干净净。地面上到处都是小蜗牛，草原很开心，一路数着，一共见到了十五只小蜗牛。我也好久没有见到这么多的蜗牛了，所以要感谢草原，跟着草原沾了光，让我感觉自己也回到了孩童时期，很多童年的美好都跟着一起被回忆了起来。

冬天最冷的时候，全班三十三个小朋友到幼儿园只来了六个。草原就是那六个之一，并且还是家住得最远的小朋友，却一天不落地坚持到放寒假。我也一直鼓励草原，小宝贝真是好样的！

简单的快乐

草原问："妈妈，为什么月亮好像一动不动？"

"月亮是'动'的。你看月亮刚升起来的时候在山的这一端，等我们准备睡觉的时候，月亮就已经跑到另一端去了。"

"可是，我走到哪儿月亮都会跟着我走到哪儿，一直在我头顶上。"

"那是月亮在给你照亮前面的路哇。"

草原听到这个答案开心得不得了！我也想起了自己的一段经历，只不过，当时的我已经不是小孩子，是大学生了。

那时刚入大学，一位同乡给我介绍了她的和我在同一座城市读大学的姐姐认识。所不同的是，她的姐姐所在的大学，是一所硬件设施比我就读的大学要先进很多的大学。到了周末，我就颠颠儿地跑去找老乡姐姐了。

晚饭后返校，走在老乡姐姐所在大学的校园里，前面明明是黑的，可是每当我一走过去，头顶上方的路灯就亮了，等我走出一段距离后，路灯又灭了。我再倒回来，路灯又亮了，再走开，路灯又灭了。反复几次，路灯亮了暗，暗了再亮。只见空荡荡的小路上，我一个人跑过去，退回来，再跑上前，再退回来，在路灯下玩得不亦乐乎，乐呵了好一阵儿。

当时我就感觉自己身上有股神奇的力量，而宁静小路上高大的路灯恰好也能感知到我这股神奇的力量。我为自己有了这个重大发现而欣喜雀跃不已。

那时学生都没有手机，回到宿舍第一件事就是打宿舍电话把这一重大发现告诉老乡姐姐。没想到姐姐很淡定地告诉我："那些路灯都是感应的！"啊！感应的？也和楼道

长大后
忘了的事

里的声控灯一样吗？可是当时我走过去也没有声音哪？难道是影像感应的？十几年前会不会这么先进哪！

　　事情距离现在已经将近 20 年了，不过回忆起来，还是快乐满满。留在记忆里的还是我一个人走过去……退回来……再走开……再回来……那种简单的满足感。

我是我

"草原，妈妈给你报个画画班好吗？"

"不好。"

"为什么不呢？你不是很喜欢画画吗？"

"是喜欢。我自己在家里画就行了。"

"你自己只会画简笔画，去画画班有老师教你用油画棒和水彩画画，还学做各种小手工呢。"

"我不是已经答应你学钢琴了吗？为什么还要学画画？"

"两样都学呀。中国有句古话叫'艺不压身'，多学一样特长没有坏处。既会弹钢琴又会画画的小朋友多酷呀！"

长大后
忘了的事

草原不搭腔，我继续："还记得小米哥哥吗？"

"记得呀，怎么了？"

"小米哥哥小提琴、毛笔字、油画、马术，每一样都很棒！"

"妈妈，人家是人家，我是我！"

忽视

　　周二下午去接草原放学。远远就看见草原特别开心地从学校里冲我跑过来。我问她有什么高兴的事要和妈妈分享，草原趴在我耳边轻轻地说："妈妈，我要给你一个惊喜，是我特意给你准备的一个礼物！"

　　"是吗？太好了！外面风大，咱们先上车，上车再给妈妈拿好吗？"

　　坐在车里，我好奇地问："是什么礼物呢？"

　　"就在书包里。"草原说着用手一指书包。原来她特意把礼物放到了书包的最外层，方便我拿取。

我拿出来一看，是草原画给我的一幅画，上面全是心，各种颜色的心，每个"心"还用了两种颜色，里面填充一种，外面围绕另一种，一看就是很用心画的，表达了草原对妈妈满满的爱。

我谢谢草原，让草原先放回到书包，别把画纸折了，等回到家，我就珍藏起来。

晚上，我问草原作业都写完放回书包了吗，草原很小声地说："没有，还差数学作业。"

"怎么还没写完？那刚才为什么不赶紧写完，却一直在玩儿？"

"因为练习册落在学校了，所以没法写。"

我顿时一股怒火冲上来："上次是练习册丢了，我给你买了一本新的。这次又没带！明天必须一大早去学校赶紧把作业补上！"

"可是太早了教室不开门。"

"那你自己跟老师解释为什么没完成作业！"

草原知道自己做得不对，也没再说什么。我让她赶紧洗漱准备睡觉，她就去卫生间了。

等她洗漱完，却见她光着小脚丫跑到我面前哭。我问她："是不是刚才妈妈训你太严厉了？刚才确实是妈妈态度不好。"

草原摇摇头。

"是不是想姥姥了？"

她依旧摇头。

但我仍然觉得是因为刚才对她说话的态度不好，伤害了她，于是我抱着她坐在地板上给她擦眼泪："妈妈刚才太着急了，不该那样对草原说话，是妈妈不对。草原刚上学就能做到现在这么棒已经很不错了，有一次两次忘记作业也正常。不过，犯一次错误得长一次记性，提醒自己同样的错误不要再犯第二次，可是草原已经两次忘记带练习册了，这样就不好了，不能再有第三次了。妈妈是想让草原养成好习惯，做完作业就收拾书包，自己检查一下有没有落下的东西，在学校也是同样，千万别丢三落四的。"

她点点头，情绪稳定了，突然问了一句："妈妈，你喜

长大后
忘了的事

欢我吗？"问完又大哭起来。

这突如其来的一问，着实把我吓了一跳，这个问题太严重了！

我抱起她，轻轻拍着她的后背安慰她，一直紧紧抱着她来回走。等她不哭了才问："草原为什么会这么问？妈妈当然喜欢你了。妈妈不光是喜欢，妈妈最爱的就是小草原。无论草原做错了什么，妈妈永远爱你。在妈妈的心里，草原就是妈妈的最爱。"

"我还以为你不喜欢我了，因为我又没带练习册，你就生气，你连我给你的画都不要了。"她说完又扯着嗓子哇哇大哭起来。

我放下草原赶紧去找画。她的书包里没有，我的包里也没有，到处都找不到。我问她把画放哪儿去了，她很快就去餐厅给我拿了过来。

原来草原趁我收拾厨房的时候从她书包里把画拿了出来，悄悄地放在餐桌上，想等我收拾完厨房一转身，就能看到餐桌上的画，给我一个惊喜。可是我收拾完厨房关了灯，没注意到餐桌上的画就直接去客厅了。她洗漱完跑到餐厅一看，给我的画还在原地静静地躺着呢，妈妈并没有拿走，于是就伤心了。

我赶紧收起那张画，把我的钱包打开给她看，里面有很多她用便笺纸给我画的画，并告诉她，这次是妈妈疏忽了，很抱歉。之前草原给妈妈画的所有的画，妈妈都珍藏着，大的画放在家里，小的画都放在钱包里随身携带，就像妈妈和小草原一样，一刻也不分离。她这才放心下来。

给她读完睡前故事，转头一看，她已经睡着了，睡梦中还不时地抽泣两声。我却怎么也睡不着了，又翻开她送给我的满是爱心的那幅画，在上面写下——"草原送给妈妈的礼物"，"草原爱妈妈，妈妈更爱草原"。我把写上留言的这幅画放在她的床头柜上，希望第二天早晨她醒来时，看到我写给她的话，心里会多一些安慰吧。

长大后
忘了
的事

兴奋与不兴奋

　　草原放暑假了，我准备带她出去旅游。出发前，我们先去了一趟草原姥姥家，又去了一趟草原的小叔叔家。

　　草原说："妈妈，我有的时候很兴奋，有的时候也不兴奋。兴奋的时候也不兴奋，不兴奋的时候也兴奋。因为我一想到要出去玩儿，就很兴奋。但出去玩又会想姥姥、姥爷，想小叔叔、小婶婶，想小虎（小狗），就又不兴奋了。"

走丢了

和草原看电影，等待入场。

我低头看手机，草原突然趴在我耳边悄悄地说："妈妈，那边那个小朋友好像找不到妈妈了。"

"不会吧？是不是她妈妈去买票或者买爆米花去了，让她在原地等着呀？"

"应该不是。你看她左边看看，再右边看看，还走来走去的，一定是走丢了。"

"那你过去问问她。"

草原走过去："小妹妹，你是不是找不到妈妈了？"

长大后
忘了的事

小女孩"哇——"一下就哭了。我也赶紧过去，问她是否知道妈妈的手机号码，她摇头。那妈妈的名字呢？也摇头。我们只好找电影院的工作人员了。

幸好在工作人员的帮助下，小女孩的妈妈跑回来找到孩子了。我表扬草原能这么细致地观察，也赶紧又让草原背了一遍妈妈的名字、电话和工作单位。

闪光鞋

带草原去看动画电影。影厅灯光暗下来，草原突然想起自己穿的是一双闪光鞋，很担忧地问："妈妈，我出门忘记换鞋了，万——会儿鞋亮了怎么办？不会影响到别的小朋友看电影吧？"

"不会的，鞋在下面，大家都抬头往前看呢。"

草原这才放下心来。

妈妈很开心，草原能有遵守公德的这个意识。

小狗狗

　　一大早，送草原去幼儿园，开车到拐弯处，草原突然问："妈妈，你看到笼子里那些小狗狗了吗？"

　　"没有，哪儿来的小狗狗？"

　　"就在那边！"草原伸着小指头往外指。

　　"妈妈在开车，不能往后看。小狗狗怎么了？"

　　"笼子里有好多小狗狗，那个阿姨是不是要把它们都卖了呀？"

　　"不是吧？也可能是阿姨家的大狗生了一堆小狗狗，阿姨家养不了那么多的狗狗，所以想给小狗狗换个更宽敞的地方，好让小狗狗都能跑得开。给小狗狗们换新家之前，怕它们跑丢了就只好先把它们放笼子里了。"

"不会的，妈妈。"

"为什么不会？"

"因为刚才阿姨在和一个爷爷说话。如果阿姨真的是小狗狗的主人，那么阿姨跟爷爷说话的时候，小狗狗们应该看着阿姨，而不是在笼子里乱跑。你看，它们都没有看阿姨，就只想逃出去。"

"哦，也有可能吧，或许阿姨想把小狗狗卖给愿意照顾它们的好心人。"

长大后
忘了
的事

大家一起去

前一阵，我看了一段视频，演的是日本航空公司搞的一次测试活动。公司找了三个家庭，每个家庭都有四口人——爸爸、妈妈和两个孩子。

公司请孩子们画出他们最想去的地方，爸爸妈妈们则在另外的房间通过监视器观看孩子们的表现。

一会儿的工夫，孩子们都画好了他们各自的愿望：有的想去泡温泉消除疲劳，有的想去看看富士山，有的想去北海道滑雪。

工作人员问孩子们："喜欢全家人一起出去玩吗？"

孩子很兴奋地说："喜欢！"这时，工作人员给每个孩子拿出三张可以飞到任何地方的"魔法机票"，让孩子们在机票上填上名字。一开始孩子们还很兴奋，但紧接着，他们都发现，全家有四口人，自己手里却只有三张机票。怎么办呢？一个小朋友有了好主意——在一张机票上同时写上两个人的名字。但是被告知："一张机票只能写一个人的名字哦。"

写谁好呢？孩子们开始犯难——"一定要让妈妈去。可是爸爸也常说想去看看。妹妹也想去。可是我也好想去哦。"

同时，在隔壁房间的爸爸妈妈们也开始了各种猜测。有一位爸爸没自信地说："孩子应该不会选我。"

经过激烈的思想斗争，孩子们终于给出了最后的答案，这个答案震惊了所有的工作人员——孩子们决定返还机票。

"下次再去好了，用自己的零用钱买机票出去玩儿。"

"就算只有一天也好，还是想要全家人一起出去玩儿。"

"如果不是四个人一起出去，就不会那么好玩了。"

"如果一定要有一个人不能去，那就算了。"

在另一个房间的爸爸妈妈，已经感动得泣不成声。

旅行的乐趣是什么？ —— "大家一起去。"

烛光

草原："妈妈，什么东西花钱不多，还能把整个房间装满？"

"空气。"

"不对，空气又不花钱。"

"哦，我一开始还想说'爱'呢，满满的爱。"

"也不对，花钱不多，但也是要花钱的。"

"那是什么？"

"烛光。因为蜡烛不用花很多钱。"

"哦，对呀。"

长大后忘了的事

　　"古代没有电灯，但是有蜡烛。点燃蜡烛，烛光就照满了整个房间。"

抓娃娃

　　商场里放着几台抓娃娃机。我为草原换了很多游戏币，结果一个娃娃也没有抓到。草原很沮丧。

　　回家的路上，草原问："妈妈，你猜，我现在的愿望是什么？"

　　"下次能抓到一个你喜欢的娃娃。"

　　"差不多吧。我的愿望是，等我长大以后挣了钱，买个抓娃娃机放家里，想抓就抓，抓不起来接着抓，直到抓起来为止，抓起来放回去再接着抓。"

长大后
忘了
的事

午餐的烦恼

草原："妈妈，你猜，如果幼儿园午餐有两种菜，一种是我爱吃的，另一种是我不太爱吃的，我会先吃哪一种？"

"先吃你爱吃的。"

"猜错了！我一般都是先把我不太爱吃的吃了，然后再吃我爱吃的。"

"哦，这样啊。你是不是担心自己先吃了爱吃的菜，就不愿意再吃不爱吃的菜了？"

"嗯，是的。"

"草原真棒！这样即使碰到不太喜欢的菜，也能把饭菜吃光光。"

　　"可是……妈妈，每次我刚吃完我不太爱吃的菜，老师一看我都吃光了，还以为我特别爱吃呢，我还没来得及吃我喜欢吃的菜，她就又给了我一大勺。"

长大后
忘了的事

能量纸条

一大早，草原问我今天拎哪个包去上班。我很纳闷，不知道她问这个干什么。

到了单位才发现，原来小家伙偷偷在我的包里放了一幅画和两张小纸条。纸条上分别写着："妈妈我爱你。""xi wang 你 gong zuo shun 利。"

我一下子能量满满，一天的心情都棒极了！

漂流瓶

草原用空矿泉水瓶做了一个漂流瓶，撕了张小纸条写上字，对折后塞了进去。

我很好奇，想知道纸条上面写了些什么，可是她不让看。

趁她睡着，我蹑手蹑脚地拧开矿泉水瓶的盖子，取出纸条打开一看，只见上面写着——"谁看谁是笨蛋！"

长大后
忘了的事

解决纠纷

"妈妈，昨天我们班里有两个小女孩打起来了！女孩子怎么还能打架呢？"

"然后呢？"

"然后我就过去问她俩是怎么回事。A说B偷了她的橡皮，B说她没偷，是她从地上捡的，就在她脚底下。但我觉得，橡皮如果是A的，不可能跑那么远。"

"再然后呢？"

"我就问B，'你真的偷了A的橡皮吗？'B说没有，真的是她捡的。"

"那怎么办呢？"

"我就跟 B 说，你把橡皮还给 A 吧，她就只有这一块橡皮，你用了，她就没有橡皮用了。如果你没有橡皮用，我可以先把我的橡皮借给你。"

"你是知道 A 只有那一块橡皮，还是你故意这么说的？"

"我猜的，我是怕 B 不把橡皮给 A。"

"B 最后给了吗？"

"后来 B 就把橡皮给 A 了，我把我的橡皮借给 B 用了。我还有另外一块。"

长大后
忘了的事

现在还没有

班级比赛，草原排名第三。排在前两名的那两个小姑娘在上一次的竞赛中也排在草原前面。

草原姥姥激励草原："草原，你有没有决心下次超过她们？"

草原犹豫了一下，很抱歉地说："现在还没有。"

手工礼物

　　草原生日那天正巧赶上手工课，小朋友们就把自己做好的手工作品当作生日礼物送给草原。

　　在一堆折纸中，我发现有一架用蓝色闪光纸做的小飞机。拿起来一看，哟，背面还有字呢——"助你长涛。"

　　"草原，这是什么意思呀？"

　　"写错了。祝你长寿！"

长大后
忘了的事

有大学了

草原所在的小学是国家重点大学的附属小学，坐落在大学校园里。

刚入学时，大学校园里正在建一幢新的教学楼。一个假期过去，新学期报到那天，草原惊讶地发现教学楼已经建好了，并且外墙上写着"××大学"四个字。草原自豪地说："太棒了，妈妈，我们学校里终于也有大学了！"

灶王

　　朋友送了一本老家制作的木版年画的挂历。其中有一个月份的画是灶王，草原爸爸就把那一页贴在了餐厅的隔断上。

　　一天，草原放学后很神秘地告诉我："妈妈，灶王真是太神奇了！"

　　"啊？是吗？"

　　"对呀，我每次许愿想吃什么他都能帮我实现！"

　　"真的吗？"

　　"真的！吃早餐时我偷偷跟他说，希望今天中午能吃

鱼，还想吃西红柿炒鸡蛋，结果中午的'小饭桌'就真的有鱼还有西红柿炒鸡蛋呢！还有一次，我偷偷跟灶王许愿说中午想吃酱鸡腿，没想到中午果真就有酱鸡腿！灶王真的太灵了！"

"呃……"我一时不知该说什么好，就顺口说，"偶尔一两次许愿可能是灵验的，不过不能经常向灶王许愿，许愿多了就不灵了。"

草原很严肃地点了点头。

范玮琪

　　一早送草原去幼儿园。电台里播放台湾歌手范玮琪的自我宣传介绍："大家好，我是范范范玮琪……"

　　草原问："妈妈，这个人是个结巴，还是她起了个外国名？"

　　"她不是结巴。她平常称自己是'范范'，就跟小名一样。但她的全名是'范玮琪'，连起来读就是'范范范玮琪'了。"

别人家的妈妈

中午带草原在外面吃饭，旁边桌上是一位带着儿子的妈妈，她儿子大概八岁。只听那位妈妈教导道："儿子，当年你妈妈可是××附小出了名的神童，5岁上学，19岁大学毕业……"

我越听越惭愧。

草原，你的妈妈小时候不是神童，以后也没出过名，甚至还总是比别人慢半拍。但是妈妈愿意学习，小时候不如人家，现在可以慢慢赶，逐步成为一个好妈妈。我们可能不会一到春天就开出艳丽的花朵，但是我们也有可能成长为一棵参天大树。

都挺开心的

　　我去接草原放学，她跑到前面去了，后面追上来她的同学，是一名小男生。他特意跑到我面前告诉我："阿姨，草原今天被老师批评了。"

　　"哦，是吗？为什么呀？"

　　"她上课和同桌说话。"

　　"哦，知道了。谢谢你呀！"

　　我快跑几步追上草原。

　　"草原，今天过得怎么样啊？"

　　"很好呀！"

"有什么要和妈妈分享的吗？"

"有！我今天口算全对了！得到了一个小奖品。"

"真棒！还有别的吗？"

草原想了一下："还有，我上午听写的时候全对了！"

"很好呀！那有没有什么不开心的事呀？"

"没有。都挺开心的。"

想去北京

"妈妈，我想去北京。"

"好呀！"

"我想去天坛公园。"

"你还知道天坛公园？"

"嗯，我们语文书上有。邓小平爷爷在天坛公园种了一棵小树，我想去看看那棵树。"

为了吃饱　不为玩好

　　周六，我带草原去吃麦当劳儿童餐。店家最近一直在做广告宣传，就餐时会赠送一套"Kitty 猫"系列的玩具，我们就是冲着这套玩具去的。结果去了才知道，"Kitty 猫"系列的四款玩具都已经送完了。啊？这么快！刚刚上市就送完了？好吧，我们得到的是个黑乎乎的怪兽玩具。

　　周日，带草原出去参加活动，到达活动场地时发现已经没有停车的地方了，只好又停在前一天去过的有麦当劳的那家商场的停车场里。

　　从停车场往外走，远远地，草原就指着麦当劳门口："妈妈，你看！"我一回头，见右前方的麦当劳门口摆了张小桌子，上面摆放着各种儿童套餐的玩具，最前面放的就是周六所说的都送完了的"Kitty 猫"玩具，四款都有。我拉着草原走过去问："这些玩具是卖的吗？"

"可以单买，15 块钱一个。也可以吃儿童套餐，就随餐免费赠送了。"

"这四款'Kitty 猫'是新来的玩具吗？"

"是的，前两天刚到的。"

"可是我昨天来的时候怎么告诉我都送没了呢？"

"可能放在里面了没有注意到。你可以再吃个儿童套餐，免费得到一个玩具，不喜欢的话别拆封，拿出来我给你换成任意一款'Kitty 猫'。"

哦……还得再进去吃一顿哪，算了吧！我拉着草原去参加活动了。

活动结束，已是中午时分，周围堵车严重，我便和草原商量，要不咱们再进去吃一顿麦当劳吧，等我们吃完也就不堵车了，咱们再开车回家。草原同意，她还想得到"Kitty

猫"玩具。

麦当劳门口的玩具摊儿已经收了。我们直接进去，点好两份儿童套餐，结果工作人员又给拿出两个一模一样的黑乎乎的怪兽玩具。不对呀，参加活动前还都有的，这一上午的工夫就全都送光了？

"没有别的玩具了吗？"我不甘心地问了一句。

"没有了，只剩这一款了。"

好吧，反正是白送的，送什么都行啊。我只好自我安慰。

刚坐下吃没多久，一位年轻妈妈带着女儿，端着托盘坐在了我们旁边的座位上。草原偷偷瞧了她们一眼，悄悄跟我说："妈妈，你不是说只剩这一款玩具了吗？为什么旁边的小朋友就得到了一个'Kitty猫'的玩具呢？"

我往旁边一看，小朋友的手里确实拿着我们之前看到的那四款当中的一款"Kitty猫"玩具。"她们是之前在外面单独买的吧？"

"不是的，妈妈，我看到那个小朋友是从儿童套餐的盒子里拿出来的。"

我问旁边的妈妈："这个玩具是买儿童套餐送的吗？"她说是的。我立刻起身拿着还没拆封的黑乎乎的怪兽到餐台调换成"Kitty猫"，然后气呼呼地回到座位上："草原，以后咱们不来这家麦当劳了！"

"为什么啊？"

"这不骗人嘛！明明有，却说没有了。上次也这样！"

"妈妈，别生气！我们来这儿是为了吃饱，而不是为了玩好。"

长大后
忘了的事

演唱会门票

　　同事朋友都在手机上刷屏直播一场演唱会的盛况。我翻看手机朋友圈，草原凑上来看了一眼问道："妈妈，你不是很喜欢看演唱会吗？你怎么不去？"

　　"妈妈没票呀。"

　　"那大姐姐她们为什么有票？"

　　"可能是她朋友送给她的。"

　　"没有人邀请你，你就没法去看了吗？"

　　"当然可以，还可以提前买票的，宝贝。"

　　"那你为什么不买？"

"妈妈知道消息的时候有些晚了，便宜的票都已经被抢光了，只剩下贵的了。"

　　"你不舍得买贵的，是吗？"

　　"是的。太贵了！"

　　"可是你很喜欢哪！"

　　"草原，并不是所有你喜欢的事物你都要得到，不是你喜欢什么就能拥有什么。就像你喜欢的玩具，不是只要你喜欢，就一定会有人买给你。再说了，我对那场演唱会的喜欢程度还没到让我舍得花那么多钱买票去看的地步。很多事情是需要衡量的。即使以后妈妈有了很多钱，是不是要花那么多钱去买票，妈妈也会掂量的。有那个钱，还不如带你出去旅游一趟长长见识呢。"

　　"那就没有稍微贵一点，但不是最贵的票吗？"

　　"起初是有的，但是不多。但是当妈妈犹豫是不是要买的时候，中间价位的票也被抢光了。所以说，有的时候，机会摆在你面前，你不抓紧，瞬间就流失了。"

　　"哦。那多可惜呀！"

长大后
忘了的事

　　"不可惜呀，妈妈可以在家里和小草原一起读故事，多好呀！票卖光了也就不再想了，正好省钱了。"

好习惯 坏习惯

　　草原有很多好习惯，比如在家里跟我和她爸爸说"谢谢"，无论我们帮她拿多小的东西，她都会很自然地说声"谢谢"，就像睡前大家互道"晚安"一样，是个很自然的行为。她自己并没有意识到这句很平常的话跟"礼貌"有多大关系，可能也与我们一直跟她说"谢谢"有关吧。

　　但孩子的坏习惯，有时也与家长有关。

　　有一段时间，我晚上喜欢和草原一起喝茶看书，我们泡壶白茶，各看各的书。期间，有时草原起身去卫生间，我也想去，就会在草原关门前冲她说一句："不用冲马桶，

妈妈一起冲！"

有时，我忘记嘱咐了，草原会主动问一句："需要我冲马桶吗？"而不是问："妈妈你也接着去卫生间吗？"我的答复肯定是："不用冲，妈妈一起冲。"

后来，草原不问了，也不管我是不是接着去，好像即使问了，我的答复也都是一样的，所以干脆省了。但语言省了，习惯却保持了下来。

这是件很头疼的事。坏习惯一旦养成，想改掉可得下功夫，就像胖起来容易，瘦下去难一样。一旦胖了起来想要再甩掉肥肉，可就不像长肉时那么简单。

厕后冲水是个多简单的动作呀，伸手一按的事儿，却因为我的疏忽，给孩子养成了不好的习惯。我也自责了好久——你就差那点儿水吗！节约用水也没你这么个节约法的！好在，草原又在我天天的唠叨声中——上完厕所冲了吗？——改过来了。这本来是条平路，我非要拿小铲子在旁边给开条弯路，费了好大劲儿，转了好大弯儿，才又拐了回来。

朋友

一天，我和草原互相编谜语给对方猜。我出的题都比较简单——"什么动物是绿色的，吃害虫，叫起来呱呱呱？"

草原感到很没劲："青蛙。妈妈，你就不能说个高级一点儿的吗？"

"那你来出题，妈妈猜。"

"比奖杯还重要，不用花钱买，还很难找，也很容易丢弃，哦不，妈妈，还是用'丢失'吧，也很容易丢失。是什么？"

我猜了半天也没猜出来。草原公布答案："朋友哇，妈妈，是朋友！"

长大后
忘了的事

文明　风景

接草原放学，草原突然问："妈妈，你觉得除了大树、房子这些能看得见的东西是风景，还有什么是风景？"

我正在开车，经耳却没经心："不知道，还有什么？"

"文明啊！文明也是一道风景。"

我很惊讶："你是从哪儿听来的？为什么文明也是风景呢？"

"妈妈你想啊，美的东西，你越爱护她，她就会越好。你越不往地上扔垃圾，地面就越干净，你不往墙上乱涂乱画，墙面就一直会干净下去。到处都很干净，那风景就更美了。所以，文明也是风景啊。"

接受现实

孩子越长大，你越要接受一个现实——她没有多么聪明，也没有多么漂亮，她没有那么有天分，也没有那么刻苦。她可能会越来越普通，越来越偏离你最初的期望。

但她是你的宝宝，不是别人家的孩子。她永远是她，独一无二的她。

长大后她可能也拿着普通的工资，过着普通的生活。但谁又能说那些平凡的日子里不蕴含着幸福呢?

心里感到幸福，才是真正的幸福。

妈妈对草原唯一的希望，就是草原今后是幸福的，快乐的。

目送

　　草原学校门前有条机动车单行线，方便开车送学生的家长，就像机场、火车站的落客平台一样，随停随走，不允许熄火停车。

　　一天，我开车送草原上学。可能排在最前面的那辆车停的时间有些长，后面的车只好依次停下，路上马上排起了长长的车队。我只好让草原提前下车，让她多走一段路进校门。这之前我都是开车送到校门口才让她下车的。

　　结果她刚下车走了几步，前面的车队就开始往前移动了。我犹豫着要不要再把她叫上车送到校门口。转念一想，算了，也没多少步，让她自己走走吧。于是我一边随着车队缓慢往前挪动，一边从后视镜里注视着她。

草原背了个大书包，一只手拎着个塑料袋子，里面装着彩笔、油画棒、卡纸、双面胶、剪刀和美术课堂上要用到的毛线绳。另一只手拿着一摞纸杯，也是美术课要用到的，怕放在袋子里挤扁了就用手拿着。书包很重，两边的背带滑到胳膊上，整个书包就耷拉到屁股下面，每走一步，书包就随着小屁股颠一下。

忽然，草原停下不走了，又急匆匆地往回跑。我以为是后面有同学喊她，从后视镜仔细一看，发现原来是她手里拿着的纸杯掉了。小家伙背着书包一颠一颠地往后跑。那天风很大，纸杯随风在地上一直快速地往后滚啊滚。小家伙就追着滚动的纸杯跑啊跑，跑出去好远，终于抓到了，于是紧紧握住，又驼着背，背着大书包缓慢往前走。

她追纸杯的那几步，看得我好心疼。我突然感觉孩子一瞬间就长大了，以后会有很多事是需要她自己去面对的，而我只能像现在这样，在一旁注视着她，帮不上忙。我不能停车跑下去帮草原追纸杯，后面还有好多送孩子的车辆，

就只能继续往前开。开到校门口，我踩着刹车等草原走过来。草原看见我还没走，很兴奋地拿着纸杯跟我摆摆手："妈妈再见！"我也远远地跟她摆摆手，直到看着她进了校门才启动了汽车。

后面的车也没有按喇叭催我快走，一直等着我缓慢离开。

都到办公室了，我的心还一直在揪着。

《淘气小兔》

给草原新买了一批图书，其中有一本我最喜欢——《淘气小兔》（荷兰）。

故事讲的是一只毛茸茸的名叫特伦斯的小兔子，本来挺可爱的，可他非要装酷。他打了耳洞、刺了文身、戴上墨镜、骑上大摩托，感觉自己酷极了。

忽然有一天，他遇到一只娇小甜美的小兔特蕾西——

"嘿，小可爱！"

"走开，讨厌鬼！"

于是，特伦斯扔掉了他所有装酷的东西，惴惴不安地

长大后
忘了
的事

跟在特蕾西身后，他什么也不敢说，但心里盛满了欢乐。

春天来了，树洞里跑出来一群淘气的小兔宝宝……

希望草原长大后也能遇到一个可以为了她舍得扔掉所有装酷的东西，惴惴不安地跟在她身后，什么也不敢说，但心里盛满了欢乐的"特伦斯"。

草原的诗

（一）明亮的夜晚

关上灯，

一片漆黑。

打开灯，

又一片光明，

一片明亮的夜晚。

（二）孩子

在夜晚的广场上

我独自健身

我感觉好孤单

还好，有孩子陪伴着我

（我："'孩子'是什么意思？是指你的小伙伴们吗？"

草原："不是的妈妈，'孩子'是指我的孩子，我长

大以后我的宝宝。"）

（三）圆月亮

八月十五月亮圆，

月亮圆圆挂高天，

天上有个圆月亮，

圆圆月亮照满天。

2016 年我出版了第一本小册子《夏天的侧面》，是本随心散文集。出版后，听到的最多的声音就是——"怎么感觉写的都是发生在我身上的故事呀？""这简直就是在写我的生活嘛！""很多事情我也同样经历过。"甚至还有朋友拿着书指给我看——"这句话跟我说的一字不差！"

紧接着，他们又会反思——"哎，我也有过同样的感触，怎么我就没想到要把那些感受记录下来呢？""如果当初我也随手把自己的感想记下来，没准儿我也早就出书了。"于是，他们都纷纷拿起了笔，或者使用电子设备记录生活。有的甚至在微信开设了自己的公众号，成立了自己的小专栏。

真没想到，一本不起眼的小册子却能带动周围的朋友也跟着慢下来，去留意身边的美好，记录自己的感想与感动。这是那本小册子的荣幸，也是我的欣喜。

长大后忘了的事

希望我的第二本小册子同样能发挥一点点儿作用，会有爸爸妈妈在看完之后，也能记录下自己宝贝成长的点点滴滴，体会这份坚持的美好。

感谢这本小册子的责任编辑周易之、美术编辑王玉婷，是她们的鼓励给我勇气；感谢插画大师张忆雨同学，她的插画无疑成为这本小册子的亮点；感谢山东教育出版社刘东杰社长对本选题的鞭策鼓励和认同；当然，最感谢的是——将小册子捧在手里正在阅读的你，小册子里哪怕有一句话能令你产生共鸣，都将是我的荣幸。